# Analyse de l'œuvre

Par Amandine Farges

# Petit pays

de Gaël Faye

lePetitLittéraire.fr

# **Analyse** de l'œuvre

Par Amandine Farges

# **Petit pays**

de Gaël Faye

lePetitLittéraire.fr

# Rendez-vous sur lepetitlitteraire.fr et découvrez :

Plus de 1200 analyses
Claires et synthétiques
Téléchargeables en 30 secondes
À imprimer chez soi

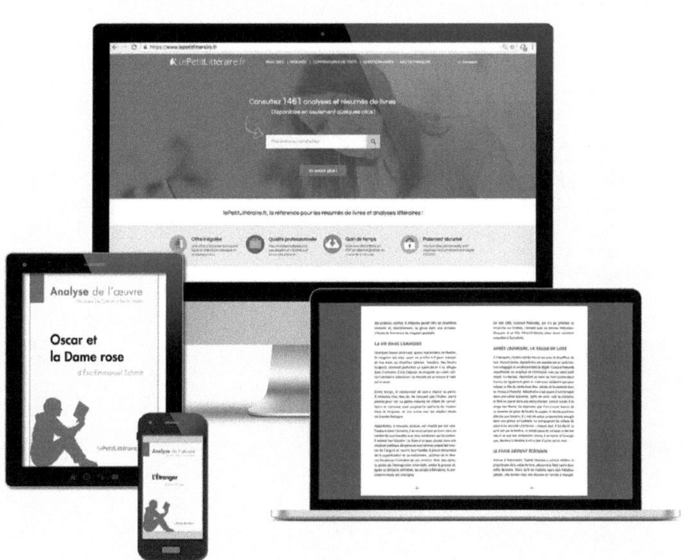

# *PETIT PAYS*

## LA GUERRE VUE À HAUTEUR D'ENFANT

- **Genre :** roman.
- **Édition de référence :** *Petit Pays*, Paris, Le Livre de Poche, 2017, 224 p.
- **1re édition :** 2016 (Grasset & Fasquelle)
- **Thématiques :** guerre, enfant, Afrique, famille, violence

*Petit Pays* est le premier roman de Gaël Faye. Reprenant le thème de l'exil déjà traité dans sa chanson du même nom en 2013, l'auteur déploie dans ce roman d'inspiration autobiographique son attachement à sa terre natale, le Burundi, et le déchirement qu'a provoqué la guerre de 1993.

On y suit la jeunesse du jeune Gabriel, qui grandit entouré de son père français, sa mère rwandaise, et sa petite sœur, dans un milieu relativement aisé. Une menace rôde pourtant sur cette enfance insouciante : les divisions ethniques rongent la société burundaise dans laquelle de nombreux Tutsis rwandais, comme Yvonne, la mère du narrateur, ont trouvé refuge.

L'Afrique est une poudrière qu'une élection libre, la première depuis une trentaine d'années, peut faire exploser à tout moment, provoquant des massacres et l'un des plus terribles génocides de l'Histoire. C'est cette histoire tragique vécue par un enfant que nous raconte avec force et poésie Gaël Faye, puisant dans son expérience de slameur pour faire sonner les mots.

Vendu à plus d'un million d'exemplaires, *Petit Pays* remporte le Prix du roman des étudiants France Culture-Télérama, le Prix du roman Fnac, le Prix du premier roman et le prix Goncourt des lycéens. Il a été adapté au cinéma en 2020 par Éric Barbier.

# GAËL FAYE

## ÉCRIVAIN FRANCO-RWANDAIS

- **Né en 1982 à Bujumbura (Burundi)**
- **Musique :**
  **Avec le groupe Milk Coffee and Sugar :** un album éponyme en 2010 ;
  **En solo :** *Pili-Pili sur un croissant au beurre* (2013) ; *Lundi méchant* (2020).

Auteur-compositeur-interprète, Gaël Faye est né en 1982 au Burundi, d'un père français et d'une mère rwandaise. Avec sa sœur cadette, il fuit ce pays en guerre en 1994. Durant son adolescence qui se déroule en région parisienne, il découvre le hip-hop et le rap.

En 2008, alors qu'il vit à Londres, Gaël Faye décide de quitter son travail dans la finance et se lance dans la musique avec la création du groupe de rap Milk Coffee & Sugar. Il monte sur scène et enregistre un premier album solo en 2013 : *Pili-Pili sur un croissant au beurre*, dans lequel figure le titre « Petit Pays ». Dans cette chanson, Gaël Faye rend hommage au Burundi où il a grandi et évoque le génocide dont il a été témoin et son exil en France. Une éditrice qui entend cette chanson le convainc de se lancer dans l'écriture d'un récit plus ample. Devenu un roman autobiographique et poétique, *Petit Pays* est un véritable succès public et critique.

Gaël Faye vit aujourd'hui au Rwanda, avec sa femme et ses enfants.

# RÉSUMÉ

Gabriel a 33 ans. Il vit et travaille en région parisienne, à Saint-Quentin-en-Yvelines. Il a un emploi stable et rémunérateur, ses relations amoureuses sont fréquentes et de courte durée. Gabriel a une vie qui pourrait être heureuse si, dans sa tête, ne tournait pas en boucle l'idée d'un retour au Burundi, le « pays maudit » comme l'appelle sa sœur Ana.

## FLASHBACK SUR L'ENFANCE DE GABRIEL

1992. Bujumbura, au Burundi. Gabriel a 10 ans. Son père, Michel, chef de chantier, Français, et Yvonne, sa mère, une Rwandaise ayant dû fuir les massacres dans son pays en 1963, ne s'entendent plus vraiment. Le jeune Gaby et sa sœur Ana, de trois ans sa cadette, assistent donc, impuissants, à leur séparation.

Alors qu'Yvonne va s'installer chez sa mère (chez qui vit également le frère de la jeune femme, Pacifique), ses deux enfants restent dans la maison familiale, sous la garde de leur père et des aides Prothé, le cuisinier hutu, Donatien, le contremaitre zaïrois, et Innocent, un homme à tout faire burundais d'une vingtaine d'années.

C'est l'âge des copains et Gaby est bien entouré. Dans son impasse vivent de nombreux enfants de son âge qui composent une bande soudée : Gino, fils d'un professeur d'université belge et d'une Rwandaise toujours absente, Armand, fils d'un diplomate burundais, et les jumeaux.

Tous fréquentent l'école française de la ville, à part Francis, jeune garçon qui n'appartient pas au même milieu et dont le tempérament violent fait peur à Gaby.

La fin de l'année approche et avec elle les vacances. Alors que Gaby part en randonnée avec son père dans la forêt de la Kibira, Calixte, un employé de la famille, les vole. Il part avec de nombreuses choses, dont le vélo flambant neuf que Gabriel avait reçu comme cadeau à Noël. Peu après, les jumeaux rentrent de quelques jours passés chez leur grand-mère (où ils ont été tardivement, et à l'insu de leur père, français, circoncis) et annoncent qu'ils ont vu dans cette campagne quelqu'un rouler avec le vélo en question.

Après une journée de classe où Gaby s'est vu attribuer une correspondante (Laure, petite fille de 10 ans qui vit à Orléans), il part avec Innocent et Donatien tenter de mettre la main sur le vélo volé. S'ensuit une véritable chasse au trésor sur les traces de ce vélo qui a changé de mains à de multiples reprises. Lorsqu'ils le trouvent, il est devenu la propriété d'un petit garçon pauvre. Alors que Donatien lui suggère de ne pas reprendre ce que le père a payé en se serrant la ceinture, Gaby, trop attaché à ce BMX, ne cède pas. Il se le reprochera amèrement tout de suite après. Mais, comme le dit Donatien : « Le mal est fait. »

La vie suit son cours entre bêtises enfantines (vol de mangues dans le quartier et notamment chez Mme Económopoulos, une femme grecque) et nouvelles inquiétantes : la guerre au Rwanda a recommencé depuis quelques jours et Pacifique est parti se battre aux côtés du

FPR. Au cabaret, sorte d'agora populaire, les informations s'échangent, les opinions s'affrontent.

Arrivent alors les élections présidentielles du 1er juin 1993. Après trente années de règne sans partage de l'Uprona, une autre organisation se présente : le Frodebu. Si la campagne électorale revêt une image festive, l'angoisse n'est tout de même pas absente. En effet, les oppositions politiques et ethniques sont fortes et une victoire du Frodebu ne serait peut-être pas sans conséquences : l'armée soutiendra-t-elle cette formation ? L'Uprona acceptera-t-elle sa défaite ?

Après la victoire du Frodebu, tout semble, dans un premier temps, se passer dans le calme, les déclarations des uns et des autres plaident en faveur d'un climat de paix et Gaby peut célébrer ses 11 ans lors d'une fête mémorable, avant de lézarder durant les vacances d'été.

Mais sous le calme apparent sourd une violence qui ne va pas tarder à exploser, emportant tout sur son passage. Le 21 octobre 1993, des coups de feu réveillent Gaby et sa sœur en pleine nuit. La radio retransmet de la musique classique : le nouveau président a été assassiné par l'armée, un coup d'État a eu lieu.

Dans les jours qui suivent, la famille de Gaby reste dans la maison afin de se protéger d'attaques éventuelles, puis la vie semble pour un temps reprendre son cours et Gaby retourne à l'école. Mais là-bas, si rien n'a particulièrement changé en surface, l'antagonisme entre Hutus et Tutsis s'est bel et bien réveillé. C'est à cette époque que Pacifique annonce son mariage avec une jeune Rwandaise rencontrée à son arrivée dans ce pays. Yvonne part avec ses deux enfants assister au mariage. Le voyage vers le Rwanda est éprouvant, l'insécurité y est totale et la violence ethnique ne demande qu'à s'exprimer. Dans ce contexte difficile, c'est pourtant l'occasion pour Gabriel de découvrir la famille qu'il n'a encore jamais pu rencontrer du fait de l'exil forcé de sa mère. C'est donc avec beaucoup d'émotions qu'il fait la connaissance d'Eusébie, la tante de sa mère, et de ses quatre enfants. C'est aussi l'occasion de retrouver son cher oncle Pacifique, qui n'est pas porteur de bonnes nouvelles. Le combattant affirme que les extrémistes hutus ont un plan pour faire capoter les accords de paix : liquider les leadeurs de l'opposition et les personnalités modérées hutues. Cela avant de s'en prendre aux Tutsis...

Gabriel ne va pas tarder à se rendre compte de cette haine. En effet, dès le lendemain, en route vers la cérémonie de mariage, toute la famille est arrêtée par un barrage militaire. On les laisse finalement passer, mais non sans les avoir traités de « cafards », surnom haineux des Tutsis largement répandu dans tout le Rwanda, notamment par le biais de la radio.

De retour à Bujumbura, la vie reprend tant bien que mal, jusqu'au 7 avril 1994 et à l'assassinat du président du Burundi et de celui du Rwanda. Tout de suite, Yvonne pense à sa famille restée au Rwanda. Elle arrive à joindre Eusébie, mais les nouvelles ne sont pas bonnes et les jours qui suivent ne font qu'augmenter son angoisse. De ces trois mois que durera le génocide rwandais, Gabriel ne se souvient que d'une longue période près du téléphone à attendre en vain qu'il sonne, à écouter le poste du radio qui débite des nouvelles toujours plus effrayantes. Jusqu'au jour où un appel arrive enfin : Pacifique. Il est vivant et annonce que le FPR gagne du terrain.

En juillet, Yvonne peut enfin, avec sa mère et sa grand-mère, retourner au Rwanda pour essayer de retrouver Eusébie et ses enfants. Elle restera longtemps absente. Pendant ce temps, au Burundi, la situation est tout aussi tendue, même les enfants parlent de prendre les armes, se découvrent Hutu ou Tutsi, choisissent des camps... Heureusement, au milieu de cet enfer, Gabriel va faire une découverte qui changera le cours de sa vie. Dans la maison de Mme Economopoulos, il découvre une immense bibliothèque. C'est le début d'une véritable passion et la possibilité immédiate de quitter quelques instants, par la lecture, le monde sanguinaire qui l'entoure.

Mais on ne peut jamais échapper complètement à la folie du monde et le retour d'Yvonne sonne le glas de son enfance déjà en partie envolée. De sa mère douce et aimante, il ne reste qu'un fantôme aux yeux emplis des atrocités qu'elle a vues au Rwanda. Atrocités dont elle arrive si peu à s'abstraire qu'elle voudrait au contraire y entrainer sa fille à laquelle elle raconte chaque nuit sa découverte des corps de ses petits cousins. La vision des corps, l'odeur des cadavres oubliés là depuis des mois, l'annonce de la mise à mort de Pacifique, rien ne lui est épargné.

Quant à Gabriel, c'est une nouvelle épreuve qui l'attend. Après avoir été pris à partie et menacé, en tant que Français, il est sommé de prendre position dans cette guerre fratricide et se retrouve piégé, obligé de participer à l'assassinat du meurtrier du père de son ami Armand...

Il est impossible de s'extraire de cette spirale de violence en restant dans le pays. Dès que Michel le peut, il fait donc rapatrier ses enfants vers la France. Il mourra lui-même quelques jours plus tard dans une embuscade...

Vingt ans ont passé. Gabriel finit par revenir dans le quartier de son enfance et y retrouve son ami Armand, qui y vit toujours. Ensemble, ils vont passer la soirée dans le cabaret, toujours ouvert. Là, une plainte... Gabriel tend l'oreille, suit la voix qui l'entraine vers sa mère, vieillie prématurément, avec aux lèvres toujours la même histoire, celle des corps de ses cousins qu'elle n'a pas pu sauver, seulement ensevelir...

# ÉTUDE DES PERSONNAGES

## GABRIEL

Narrateur de l'histoire, Gabriel a 33 ans quand nous le découvrons, installé dans une vie somme toute classique en région parisienne. Pourtant, Gabriel n'a pas vécu une existence banale : né au Burundi d'une mère rwandaise et d'un père français, il a grandi jusqu'à ses 11 ans à Bujumbura, avec sa petite sœur Ana.

Issu d'un milieu relativement favorisé (son père est entrepreneur), son enfance est bercée par les jeux qu'il partage avec ses copains Armand, Gino, les jumeaux, etc. Francophone et élève à l'école française, son existence se déroule à cheval entre la culture occidentale, à travers les expatriés qui peuplent son quartier, et la culture africaine, au milieu de la famille de sa mère qui a trouvé refuge au Burundi.

Petit garçon heureux et rêveur, il profite des plaisirs que lui offre son enfance préservée dans une Afrique luxuriante, jusqu'à ce que la séparation de ses parents fissure son petit paradis. Tiraillé au sein de ses multiples identités (Français/Rwandais ; blanc/noir...), il tentera autant que possible de ne pas choisir son camp et d'échapper à la violence quand la guerre éclatera.

## MICHEL, LE PÈRE

« Petit Français du Jura, arrivé en Afrique par hasard pour effectuer son service civil », il rencontre au Burundi celle qui deviendra sa femme et s'installe définitivement dans ce pays.

Entrepreneur de chantier, il côtoie essentiellement des expatriés, comme Jacques, Belge installé au Zaïre. Conscient du caractère instable de la politique de cette région d'Afrique, il essaie de protéger ses enfants des informations trop difficiles, tout en leur donnant quelques indications sur ce qui les entoure.

## YVONNE, LA MÈRE

Rwandaise, elle a dû fuir son pays avec une partie de sa famille en 1963, alors qu'elle n'avait que 4 ans. Elle n'y est pas retournée depuis lors. Elle a donc grandi au Burundi, entourée de sa mère et de sa grand-mère, ainsi que de son petit frère, Pacifique.

Dotée d'un caractère bien trempé, elle supporte mal les plaisanteries aux relents racistes de Jacques, l'ami expatrié de Michel. Elle finit par quitter son mari et va habiter dans sa famille. Elle s'occupe toujours de ses enfants restés avec le père dans la maison familiale.

Désireuse de retrouver son pays, elle emmène une première fois sa fille, à l'occasion de vacances, chez sa tante Eusébie restée au Rwanda.

Lorsque les conflits s'enveniment, elle ne vit plus que dans l'angoisse qu'il arrive quelque chose à sa famille. Alors qu'elle se rend sur place pour vérifier ce qu'il est advenu d'eux, elle se trouve face à l'horreur du génocide. Elle n'arrivera jamais à surmonter le choc et la douleur d'avoir vu les corps décomposés de ses cousins.

## ANA, LA PETITE SŒUR

Ana a trois ans de moins que Gabriel. Elle est donc une petite fille quand les conflits éclatent au Burundi. Rapatriée avec son frère, elle ne veut plus entendre parler de ce « pays maudit », celui qui lui a volé sa mère et où est mort son père.

Petite fille très silencieuse, c'est dans son oreille que sa mère viendra déverser les cruautés de la guerre. Cruautés qu'Ana restituera seulement sur le papier : « Ana dessinait des villes en feu, des soldats en armes, des machettes ensanglantées, des drapeaux déchirés ».

## PACIFIQUE, L'ONCLE

Jeune frère d'Yvonne, il vit à Bujumbura avec sa mère et sa grand-mère. Joli garçon et chanteur talentueux, c'est un personnage très positif. Quand les conflits éclatent, il rejoint les rangs du FPR (Front patriotique rwandais) pour se battre au Rwanda. Il y rencontre une jeune femme, Jeanne, avec laquelle il se marie. Découvrant que sa femme, enceinte, et toute sa belle-famille ont été assassinées, il se venge en tuant les coupables. Il est condamné à mort et exécuté.

À travers Pacifique, on suit pas à pas l'avancée du FPR au Rwanda. Sa fin tragique symbolise le destin des jeunes Tutsis sacrifiés dans le conflit.

## LES AMIS

### Gino

Fils d'un professeur d'université belge et d'une Rwandaise toujours absente, il est le meilleur ami de Gabriel. Il est l'enfant le plus au fait de la situation politique du pays. Pourtant, peu à peu, la guerre va séparer les deux amis, Gino se laissant happer par le désir de violence.

### Armand

Fils d'un diplomate burundais, l'assassinat de son père est un élément clé de la spirale de violence dans laquelle tombe le pays et dans laquelle est entrainé Gabriel. Il est le seul enfant noir de la « bande des cinq ». Vingt ans plus tard, il vit toujours dans le même quartier.

### Les jumeaux

Rois de la tchatche, ils sont les enfants d'un père français et d'une mère burundaise. C'est souvent chez eux que la bande se réunit. Au cinquième chapitre, ils racontent à Gabriel la façon dont ils ont été circoncis durant des vacances scolaires : alors qu'ils étaient à la campagne chez leur grand-mère, leur oncle et leurs cousins se sont chargés, en cachette de leur père, de l'opération. Ils seront les premiers à quitter le pays.

### Francis

Jeune garçon de 14 ans qui n'appartient pas au même milieu et que Gaby craint. Orphelin, il a en lui plus de violence que les autres enfants, avec qui il devient pourtant peu à peu ami. C'est lui qui fera le pont entre la bande d'amis et les milices qui se forment. On apprendra plus tard qu'il est devenu pasteur d'une Église évangélique.

### Mme Economopoulos

Vieille femme grecque qui vit seule avec une dizaine de teckels. Voisine de l'impasse, elle est remarquablement indulgente avec la petite bande qui vient voler les mangues de son jardin. C'est grâce à elle que Gabriel trouvera une échappatoire dans la lecture aux moments les plus difficiles. C'est aussi à l'occasion de son décès que Gabriel reviendra des années plus tard au Burundi.

## LES EMPLOYÉS

### Prothé

Cuisinier hutu, il est proche de Gabriel et d'Ana dont il s'occupe avec attention. Partisan du Frodebu (Front pour la démocratie du Burundi), il vit très mal l'assassinat du président Melchior Ndadaye.

### Donatien

Contremaitre de Michel depuis plus de vingt ans, ce Zaïrois d'une quarantaine d'années est l'un de ses plus anciens et fidèles employés. Il vit dans le nord de la ville avec sa femme et ses trois enfants. Très croyant, il incarne la sagesse aux yeux de Gabriel.

## Innocent

Jeune Burundais d'une vingtaine d'années, il est non seulement le chauffeur de Michel, mais également son homme à tout faire. La cicatrice qu'il porte au visage et son attitude volontairement provocante en font un personnage relativement trouble. Il se promène toujours avec un cure-dent à la bouche et cultive de nombreuses relations dans tous les milieux de Bujumbura.

Partisan de l'Uprona (Union pour le progrès national), la fin du roman le verra à la tête d'une milice.

# CLÉS DE LECTURE

## DE L'AUTOBIOGRAPHIE À LA TRAGÉDIE

Comme dans tout texte à la première personne, il est d'usage de se poser la question : « Qui nous parle ? » Peut-on identifier totalement le narrateur à l'auteur, qui présentent ici de nombreux points communs ?

Nous savons en effet de Gaël Faye que, comme le narrateur de *Petit Pays*, il est né en 1982 à Bujumbura au Burundi, d'une mère rwandaise et d'un père français. Comme le narrateur encore, il a fui son pays en guerre pour se réfugier en France à l'âge de 13 ans.

Il serait donc possible de se penser en présence d'une autobiographie, genre que Philippe Lejeune définit comme un « récit rétrospectif en prose qu'une personne réelle fait de sa propre existence, lorsqu'elle met l'accent sur sa vie individuelle, en particulier sur l'histoire de sa personnalité ». Cependant, pour que l'autobiographie soit certifiée, l'auteur se doit de passer un « pacte » avec son lecteur, dont l'une des conditions est de donner au personnage principal/narrateur son propre nom.

Or, ici, Gaël Faye prénomme son narrateur Gabriel, prénom proche, mais différent du sien. Rompant le pacte autobiographique, l'auteur laisse simplement percevoir à quel point le récit pris en charge par un narrateur se nourrit de l'histoire personnelle de l'auteur tout en s'autorisant la liberté de la fiction pour, paradoxalement, témoigner d'un évènement historique.

En effet, si Gaby est une création de l'auteur, l'histoire qu'il nous narre est parfaitement ancrée dans le réel, puisque les lieux, les formations politiques, les évènements ont bel et bien existé.

Ainsi, à la manière d'un Louis Aragon qui, dans son ouvrage *Le Mentir-vrai,* a théorisé un art romanesque mélangeant réalité et fiction pour mieux atteindre une vérité profonde, Gaël Faye mêle souvenirs d'enfance et création pour témoigner au plus près de la tragédie vécue dans cette région d'Afrique : « Je détourne le regard de ces images, elles disent le réel, pas la vérité » (p. 16).

C'est donc grâce à la création littéraire que l'auteur arrive à transcrire la violence qui s'abat sur le Burundi et son pays voisin le Rwanda. Partant de la description des étapes concrètes du conflit – la guerre au Rwanda (p. 65), l'avancée du FPR (p. 84), les élections présidentielles du 1er juin 1993 (p. 92), le coup d'État du 21 octobre 1993 (p. 121), l'assassinat du président du Burundi et du Rwanda (p. 162), etc. – il réussit à rendre perceptibles les réper-cussions de ce conflit sur les différents protagonistes en utilisant la fiction.

En effet, l'auteur place son narrateur dans des situations que lui-même n'a pas vécues afin de rendre particuliè-rement lisible la tragédie de la guerre. Ainsi, la scène où Gaby est sommé de prendre part au conflit qui détruit son pays en participant à l'assassinat d'un homme désigné comme un ennemi peut être lue comme la métaphore de ce conflit qui n'épargne personne.

À cet égard, le personnage de la mère, Yvonne, est particulièrement représentatif de la tragédie qui s'est abattue depuis des années sur l'Afrique des Grands Lacs : Rwandaise réfugiée au Burundi pour fuir les violences faites aux Tutsis, elle est celle qui porte le deuil de son pays, de sa communauté et de sa famille. Personnification des victimes du génocide, elle porte la douleur de son peuple sur ses épaules : « Le génocide est une marée noire, ceux qui ne s'y sont pas noyés sont mazoutés à vie » (p. 188).

### <u>La guerre civile au Burundi. Retour sur les faits</u>

La guerre civile burundaise est une guerre ethnique qui a débuté le 1er octobre 1993 par l'assassinat du président nouvellement élu, Melchior Ndadaye. Comme dans le Rwanda voisin, deux ethnies sont en présence : les Tutsis et les Hutus, dont ce n'est pas le premier affrontement (en 1972, 200 000 Hutus ont été massacrés par l'armée tutsie au Burundi).

Les premières élections libres depuis trente ans sont organisées au Burundi en 1993. Elles voient s'affronter le Frodebu (Front pour la démocratie du Burundi, à majorité hutue) et l'Uprona (Union pour le progrès national). C'est le candidat du Frodebu, Melchior Ndadaye, qui remporte ces élections, mettant ainsi fin au règne sans partage de l'Uprona.

...

...

L'armée n'accepte pas le choix des urnes et plusieurs tentatives de coup d'État ont lieu. L'une d'entre elles se solde par la mort de M. Ndadaye et de six de ses ministres, entrainant une flambée de violence dans tout le pays. Des Tutsis sont massacrés, puis, en représailles, des Hutus.

En janvier 1994, un accord est signé sous l'égide de l'ONU et un nouveau président, toujours issu du Frodebu, arrive au pouvoir le 5 février 1994. L'avion qu'il partageait avec le président rwandais, Juvénal Habyarimana, est abattu en plein vol le 6 avril 1994. Ce nouvel assassinat ravive les tensions.

La guerre civile durera plus de dix ans et fera 300 000 morts.

## UN ROMAN D'APPRENTISSAGE

Le terme « roman d'apprentissage » désigne les récits qui ont pour sujet les épreuves que traverse un héros dans son apprentissage du monde et les leçons qu'il en tire. Citons, parmi les plus connus, *L'Éducation sentimentale* de Gustave Flaubert, *Le Rouge et le Noir* de Stendhal ou bien encore *L'Attrape-cœurs* de J.D. Salinger.

*Petit Pays*, avec son petit garçon aux prises avec un monde hostile et dont la réalité vient heurter sa naïveté d'enfant, relève donc tout à fait de ce genre.

## Le regard d'un enfant

Si le prologue et l'épilogue sont pris en charge par le narrateur de 33 ans, les chapitres forment un récit raconté par ce même narrateur alors qu'il a 10 ans. C'est donc à travers le regard naïf et distant d'un enfant que nous découvrons, comme lui, la violence de la guerre civile qui va détruire son pays, le Burundi.

Mais dans un premier temps, ce sont les couleurs, les odeurs de l'Afrique luxuriante et les jeux de l'enfance qui sont prédominants. Le petit Gabriel nous fait visiter sa ville de Bujumbura comme le ferait un petit garçon : on connait principalement son quartier, le Cercle nautique, l'école française, ou la maison de sa grand-mère qui vit dans le quartier de Ngagara. Lorsqu'on quitte la ville, c'est pour aller camper dans la forêt de la Kibira ou traverser la campagne, à Cibitoke. On ne peut donc pas parler ici d'une description en tant que telle de la région des Grands Lacs, mais bien plutôt de l'Afrique vue à travers les yeux d'un enfant qui n'a pas encore perdu son pouvoir d'émerveillement : « Il avait l'allure d'une calebasse, le bourgmestre » (p. 58).

Et, comme pour tout petit garçon d'une dizaine d'années, ce sont les bêtises avec les copains qui font le sel de la vie, et quand ses parents se séparent, la tristesse ressentie est un peu tempérée par la joie de l'acquisition d'un BMX flambant neuf. « On rêvait beaucoup, on s'imaginait, le cœur impatient, les joies et les aventures que nous réservait la vie. En résumé, on était tranquilles et heureux, dans notre planque du terrain vague de l'impasse » (p. 76).

Mais dans ce paradis africain se glissent néanmoins rapidement quelques notes dissonantes, comme les remarques racistes de Jacques, le collègue expatrié du père de Gabriel. Et puis, il y a la famille d'Yvonne qui, comme elle, s'est réfugiée au Burundi pour fuir les massacres ethniques au Rwanda.

Car, si Gabriel est un petit garçon qui ne veut pas entendre parler d'ethnies, de camps à choisir, de communautés à intégrer (« Vous êtes mes amis parce que je vous aime et pas parce que vous êtes de telle ou telle ethnie », clame-t-il page 187), il est pourtant renvoyé comme tout le monde à ses différentes identités : Tutsi par sa mère, Français par son père, il va se heurter à la violence raciale qui se déchaine.

Différent car métis, réservé car ne connaissant pas la langue du pays, décalé car enfant, Gabriel nous permet de regarder les conflits qui déchirent cette région des Grands Lacs avec une grande distance. À la façon d'une Anne Franck (dont le narrateur découvre d'ailleurs le livre), il décrit la violence qui s'abat sur son environnement et son quotidien sans recourir à des explications, mais à travers les répercussions que cela a sur sa vie quotidienne et son entourage : ses cousins tués, sa mère détruite, ses amis qui prennent les armes...

Tel un roman d'apprentissage qui brulerait les étapes, le petit Gabriel va devoir grandir trop vite et trouver ses propres armes pour affronter la réalité.

## Un récit initiatique

D'épreuve en épreuve, on voit Gabriel entamer sa mue vers l'âge adulte, tout d'abord à travers les étapes qui jalonnent toute enfance : anniversaire, rituel de passage avec les copains (sauter du plus haut plongeoir au chapitre 21), découverte que le couple de ses parents peut se terminer, que le monde est plein d'inégalités (« Nous étions tristes d'être privés de ces choses dont nous nous étions passés jusque-là. Et ce sentiment nous changeait de l'intérieur. Nous détestions en silence ceux qui les possédaient » [p. 115]), premiers émois suscités par sa correspondance avec la petite Laure, etc. Mais Gaby doit aussi faire face à des épreuves qui ne sont pas de son âge quand la violence ethnique détruit son pays et sa famille.

Sommé de grandir par les évènements qui s'abattent sur lui, Gaby va devoir trouver des armes pour faire face à l'horreur. Là où ses copains ramassent des grenades ou rêvent d'acheter une kalachnikov, là où son père se blinde d'une carapace, une autre voie va s'ouvrir pour le petit Gabriel : la littérature.

En effet, à l'occasion d'une visite chez sa voisine, la veuve grecque Mme Economopoulos, il découvre une bibliothèque qui couvre entièrement un des murs de la pièce. C'est le début d'une aventure exceptionnelle et la possibilité de s'extraire du quotidien : « Grâce à mes lectures, j'avais aboli les limites de l'impasse, je respirais à nouveau, le monde s'étendait plus loin, au-delà des clôtures qui nous recroquevillaient sur nous-mêmes et sur nos peurs » (p. 173).

Mais si la littérature donne les armes au petit Gaby pour affronter son quotidien, ainsi que la possibilité de le quitter, elle offre également à Gaël Faye les moyens de faire revivre son « petit pays », de toucher du doigt son enfance enfuie en écrivant un texte où la poésie est largement présente.

## UNE ŒUVRE POÉTIQUE

La littérature, l'écriture, la poésie tiennent une grande place dans ce roman et dans la vie du petit Gaby. En effet, avant qu'il ne découvre le pouvoir de la lecture, Gabriel a déjà expérimenté le bonheur d'écrire avec sa correspondante orléanaise, Laure. Car si les lettres de la petite fille sont écrites de façon tout à fait classique pour une enfant de son âge, les réponses de Gaby laissent filtrer plus de poésie : « J'aime beaucoup de choses que je n'aime pas. J'aime le sucre dans la glace, mais pas le froid. J'aime la piscine, mais pas le chlore. J'aime l'école pour les copains et l'ambiance, mais pas les cours. Grammaire, conjugaison, soustraction, rédaction, punition, c'est la barbe et la barbarie » (p. 54).

Par ailleurs, l'auteur utilise dans tout le roman la langue enfantine de son narrateur ou de ses copains pour créer de belles images. C'est notamment le cas lorsque les jumeaux, grands conteurs, décrivent leur circoncision tardive : « Après, tonton Sosthène a mis nos petits bouts de zizis dans une boite d'allumettes qu'il a donnée à Grand-mère. Elle a ouvert la boite pour vérifier le travail. Il y avait la Satisfaction des Rolling Stones sur son visage, au nom de Dieu ! » (p. 45).

L'oralité est de fait très présente dans le roman, fruit de l'expérience de slameur de l'auteur qui fait de certains passages des poèmes en prose : « Un vent chaud nous enveloppait, s'enroulait un instant autour de nous et repartait au loin, emportant avec lui de précieuses promesses. Dans le ciel, les premières étoiles s'allumaient timidement. Elles fixaient la petite cour de Mamie, tout en bas sur terre, un carré d'exil où ma famille s'échangeait des rêves et des espoirs que la vie semblait leur imposer » (p. 72).

La poésie orale constitutive du texte constitue également un hommage aux littératures créoles (dont fait partie le poète haïtien Jacques Roumain cité dans l'épilogue) qui le guident dans son « retour au pays natal » et font de *Petit Pays* un véritable chant d'amour pour l'Afrique et pour l'enfance, retrouvées grâce à la littérature.

En effet, lorsque Gaby rencontre le plaisir de la lecture, il découvre la possibilité de s'évader, mais également comment les livres peuvent l'aider dans la construction de son identité : « Je découvrais que je pouvais parler d'une infinité de choses tapies au fond de moi et que j'ignorais. Dans ce havre de verdure, j'apprenais à identifier mes gouts, mes envies, ma manière de voir et de ressentir l'univers » (p. 174).

C'est d'ailleurs grâce à une description toute littéraire que le jeune Gaby arrive à mettre des mots sur ce qu'est devenue sa ville et ce que cela lui inspire, dans la dernière lettre qu'il adresse à sa correspondante Laure. Il y fait œuvre de poète, transformant les balles en neige qui recouvre

Bujumbura : « Les flocons se posent délicatement à la surface des choses, recouvrent l'infini, imprègnent le monde de leur blancheur absolue jusqu'au fond de nos cœurs d'ivoire. Il n'y a plus ni paradis ni enfer. Demain, les chiens se tairont. Les volcans dormiront. Le peuple votera blanc. Nos fantômes en robe de mariée s'en iront dans le frimas des rues. Nous serons immortels » (p. 212).

Ainsi, en fin d'ouvrage, c'est un garçon qui a quitté l'enfance qui s'exprime, mais un garçon qui a trouvé, dans les mots et le pouvoir de la littérature, la possibilité de faire vivre éternellement ce que fut son pays, sa ville, sa famille, son enfance, avant que la guerre ne les lui prenne...

# PISTES DE RÉFLEXION

## QUELQUES QUESTIONS POUR APPROFONDIR SA RÉFLEXION...

- Chaque personnage de *Petit Pays* entretient une relation particulière, qu'elle soit politique ou affective, à son pays. Comparez ces différentes relations.

- Le Burundi de Gabriel semble passer du paradis à l'enfer. À travers quels champs lexicaux le changement s'opère-t-il ?

- Connaissez-vous d'autres livres traitant du génocide des Tutsis ? Comparez le traitement de ce thème dans différents textes.

- Gaël Faye s'est d'abord fait connaitre comme slameur et rapeur. Cela se remarque-t-il dans *Petit Pays* ?

- Roman épistolaire, oralité, poésie, dialogues théâtraux : Gaël Faye a créé avec *Petit Pays* un texte composite. Quel est, selon vous, l'effet recherché ?

- Avez-vous lu d'autres romans dont le narrateur est un enfant ? Quelles impressions en avez-vous retirées ?

- Avez-vous le film *Petit Pays*, adapté du roman de Gaël Faye ? Si oui, comparez le traitement de l'histoire dans les deux supports.

- Dans le dernier tome d'À *la recherche du temps perdu*, Marcel Proust écrit : « La vraie vie, la vie enfin découverte et éclaircie, la seule vie par conséquent réellement vécue, c'est la littérature. » En quoi cette citation peut-elle éclairer le texte de Gaël Faye ?

# POUR ALLER PLUS LOIN

## ÉDITION DE RÉFÉRENCE


- FAYE G., *Petit Pays*, Paris, Le Livre de Poche, 2017.


## ÉTUDES DE RÉFÉRENCE


- LEJEUNE P., *Le Pacte autobiographique*, Paris, Le Seuil, coll. « Poétique », 1975.

- ARAGON L., *Le Mentir-vrai*, Paris, Gallimard, 1980.

- « Burundi, chronologie contemporaine », in *www.universalis.fr*, consulté le 08/09/2021. URL : https://www.universalis.fr/chronologie/burundi/.

- « Le roman d'apprentissage », in *www.universalis.fr*, consultéle08/09/2021.URL:https://www.universalis.fr/encyclopedie/roman-d-education-roman-d-apprentissage/.


## SOURCES COMPLÉMENTAIRES


- HATZFELD J., *Une Saison de machettes*, Paris, Le Seuil, 2003.


## ADAPTATIONS


- *Petit Pays*, film d'Éric Barbier, 2020.

*Votre avis nous intéresse !*
*Laissez un commentaire sur le site de votre librairie en ligne*
*et partagez vos coups de cœur sur les réseaux sociaux !*

# lePetitLittéraire.fr

- un résumé complet de l'intrigue ;
- une étude des personnages principaux ;
- une analyse des thématiques principales ;
- une dizaine de pistes de réflexion.

**Retrouvez
notre offre complète sur
lePetitLittéraire.fr**

www.lepetitlitteraire.fr

ISBN version numérique : 9782808023276
ISBN version papier : 9782808023283
Dépôt légal : D/2021/12603/4

Conception numérique : Primento,
le partenaire numérique des éditeurs.